KB251969

황금 서랍 읽는 법

정영숙 시집

□ 시인의 말

지금껏 햇빛 한 아름 안아보기 위해
물 속에서 웅크리고 녹슨 꿈을 꾸었다.

내 몸을 부드럽게 감싸던 자잘한 햇빛무늬들.

지상에 한 조각 내 삶의 작은 무늬들을 펼쳐놓는다.
쓸쓸하지만 조금은 눈 시리도록 환한.

얼마나 더 쓸쓸하고 얼마나 더 오래 아파야
하늘의 은총처럼 내려오는 너를 온전히 안을 수 있을까?

잠시 잠깐 머물던 너의 앳된 그림자를 여기에 남기고
유리알처럼 빛나는 너를 찾아 물 위를 흘러가리라.

2012년 여름   정영숙

□ 차 례

1 물 속의 책

내 것이 아닌 당신의 문자들 ______ 11

물 속의 책 ______ 12

프라하의 길 위에서 ______ 14

보르헤스의 책장 속으로 ______ 16

땅 끝에서 그리는 원 ______ 18

입 다문 말 ______ 20

벚꽃잎 서신 ______ 22

밑그림 ______ 23

佛日井 ______ 24

일어서는 강물 ______ 26

나무 화석 ______ 28

그의 바다를 읽다 ______ 30

마음의 귀를 닫다 ______ 32

눈빛 전언 ______ 33

2 히어링

白蓮體 _____ 37

황금 서랍 읽는 법 _____ 38

겨울 팔당호 _____ 40

직지사 석탑 _____ 41

성소 _____ 42

한계령에 갇히다 _____ 43

삼월에 내리는 눈 _____ 44

머굿잎 사랑 _____ 46

클림트의 바람 _____ 48

달 속의 연인들 _____ 50

히어링 _____ 52

개울물에 떠내려 가는 벚꽃잎 속에서
　　베르디의 레퀴엠 소리를 들었다 _____ 54

오래된 그림 _____ 56

부드러움이 이긴다 _____ 58

애월리에서 보내는 편지 _____ 60

별을 찾을 수가 없다 _____ 62

리마인드 리마인드 _____ 64

3 바다로 만든 방

幻 · 1–니르바나 _______ 67

觀音鳥 _______ 68

가족 사진 _______ 70

무심코 바위 _______ 72

바람의 이력 _______ 74

꼬맹이 천사 _______ 76

봄나들이 _______ 78

먹빛으로 우는 새–피에타 _______ 81

천사의 눈 _______ 84

바다로 만든 방 _______ 86

생계란 하나의 무게 _______ 88

당신이 나를 사랑해서 _______ 90

1971년–Unlimited _______ 92

사라방드 _______ 94

11월은 모두 다 사라진 것은 아닌 달 _______ 96

아버지의 눈 _______ 98

화암사를 닮은 사람 _______ 100

노래하는 인형 _______ 102

통하다 _______ 103

4 햇빛葬

戀歌 _______ 107

싸이프러스 _______ 108

幻·2 −세계수 _______ 109

幻·3 −눈부신 리듬 _______ 110

Total Eclipse _______ 112

幻·4 −자정에서 새벽 3시 사이 _______ 113

목백일홍 _______ 114

흔들리는 슈프레의 저녁 _______ 116

에곤 쉴레의 눈빛 _______ 118

누란의 사랑 _______ 120

프라하의 봄은 흐르지 않는다 _______ 122

저녁 강물 _______ 123

기화하는 여름 _______ 124

그대, 내 안의 연꽃으로 피어나다 _______ 126

햇빛葬 _______ 128

□ 해설 | 이승하
시간과 공간을 뛰어넘어 존재하는 법 _______ 130

1
물 속의 책

내 것이 아닌 당신의 문자들

썰물이 빠져나간 아침 바닷가 모래펄에
내 생애가 판화로 찍혀 있다

상형문자 속에 감춰진 생의 비의들
밀물이 밀려오면 순식간에 지워질 무늬들을
뽀글뽀글 거품을 문 게들이 열심히 그려놓고 있다

모래펄에 찍힌 최초의 문자
단 한번 씌어진 단 하나의 문자, 내 영혼을 빌어
이 세상에 나온 문자들은
이제 내 것이 아닌 당신들의 것이다

제5 빙하기의 화석에 새겨질 내 생애
내가 아닌 누군가가 읽을지도 모르는
허망한 생의 비의를 찾기 위해
지금 나는 찬 겨울 바닷가에 앉아 모래문자를 적고 있
다

물 속의 책

궁남지 연못에서 물의 책을 읽는다

책갈피를 넘길 때는 맑은 물 흐르는 소리가 들리곤 했
다 내 몸을 담고 있는 페이지마다 물이 넘쳐흘러 노랑어
리연꽃이 피어나고 때때로 물잠자리가 나도 알지 못하는
행간을 읽기도 했다 내 몸에 비친 프러시안 블루의 하늘
빛, 내 머리를 맴도는 물잠자리의 목소리가 아니었다 바
람의 방향과 구름의 낯빛이 누구도 예측할 수 없는 하늘
빛을 만들었다 프러시안 블루의 하늘도 잠시, 입 다문 연
꽃 봉오리가 피어나기도 전 먹구름이 몰려와 책장을 덮
어버렸다

몇 번의 소나기가 지나가고 햇빛이 내리쬐어도 책은
열리지 않았다

물 속에서 흰빛을 띤 누군가 내 이름을 부르고 있었다
녹슨 시간을 딛고 일어선 진흙땅에서 활짝 피어난 연꽃
의 목소리였다 닫았던 책을 펼치고 내 몸에 하얀 연꽃

의 목소리를 소중하게 기록했다 그 목소리는 내가 가장
듣고 싶던 내 책의 마지막 장에서 읽을 완성된 문자였다

　이제 하늘빛을 마음대로 담을 수 있는 내 책은 물 속에
서 나오지 않을 것이다

프라하의 길 위에서

돌아오는 부메랑은 아무리 멀리 높이 던져도 결국은 던
진 사람의 눈 앞에 떨어진다 돌아오는 부메랑의 비행을
결정하는 것은 양쪽 끝의 비틀림과 손목 힘으로 먹이는
회전에 있다는데 비틀리는 아픔을 참고 그에게 가볍게 실
려야 수차례의 황홀한 곡예를 할 수 있다니 너와 나의 사
랑도 그렇지 않더냐 내 몸을 온전히 너의 손에 맡길 때 깃
털처럼 가볍게 허공을 맴돌지 않더냐 너의 자장磁場 안에
서 꼼짝없이 너에게 다시 돌아가지 않더냐 내 몸이 곧고
무거우면 돌아오지 못하는 부메랑처럼 어느 한 곳에 박혀
영영 너를 볼 수 없을 테지

‘프라하의 봄’ *의 상처를 딛고 일어선 한번 온 사람은
또다시 찾아온다는 아름다운 도시 프라하, 수많은 원으로
둘러싸여 어디서 출발하든 제자리에 되돌아오게 되는 프
라하의 아름답게 수놓은 바둑판무늬의 자갈길을 발이 부
르트도록 뱅뱅 돌며 나는 다시금 너에게 날아갈 준비를
한다 너에게 멀리 떠나와서야 비로소 무거운 내 몸을 벗
는다

　* 1968년 체코슬로바키아의 당 제1서기 두브체크에 의해
　시발된 자유화운동. 체코 사태라 함.

보르헤스의 책장 속으로

나는 꼭꼭 닫아놓은 너의 책 속으로 들어가고 싶다
가죽옷으로 감싼 너의 단단한 버클을 벗기고 싶다

내가 가진 열쇠는 헐거워 너의 꽁꽁 쌓아놓은 성벽 문은
좀체 열리지 않는다
헛돌다 겨우 너의 심장 박동수에 맞춰 키를 꽂으면
그때서야 앞장의 서문이 드러난다
누구하고나 쉽게 악수하는 그의 몸짓마냥
서문은 누구나 읽을 수 있는 쉬운 언어로 포장되어 있다
굵은 글씨의 챕터도 그가 쓰고 다니는 근사한 모자처럼
잘 나뉘어져 있다

"붉은 해 속에 당신의 얼굴을 본다"를
"붉은 혀 속에 당신의 얼굴을 맛본다"라고 나는 오독한
다
처음부터 끝까지 읽어도 오래 묵은 언어들은
쉽게 얼굴을 드러내지 않는다
다만 짙은 포도주 향처럼 내 코끝을 스칠 뿐이다

눈을 감고 깊은 숨을 들이마신다
점자마냥 손끝으로 느끼며 천천히 읽어간다
그의 언어들이 부려놓은 바다 속으로 들어가 맘껏 춤
을 춘다
커다란 밍크고래 등에서 바라본 세상은
일출의 불붙는 장관이다
내가 한번도 맛보지 못했던 천 년 묵은 향을 지닌 포도
주 맛이다
눈 먼 보르헤스가 맛보던 언어의 깊은 맛이다
나는 그의 세계 속에서 나오지 못한다

책을 덮으면 한 줌의 모래로 흘러내릴 문장이라도
나는 언제나 너의 책 속에서 살고 싶다

땅 끝에서 그리는 원

사각형의 네 모서리에서 항상 시달렸다
네 모서리에 부딪쳐 당신을 놓쳐버리곤 했다
한 귀퉁이를 겨우 돌아서 나오면 보일 것 같던 당신
일 년 열 두 달 중 열 두 번은 둥근 면에 잠시 서 있
던 당신

당신을 따라 천천히 아주 천천히 따라 걷다가도
나를 앞서가던 당신의 그림자를 놓치고
원점으로 되돌아오곤 했다

(시골 골목길에서 언제나 하얀 손을 흔들며 나를 기다
리던 소년 아카시아 잎새 하나씩 따며 하늘 끝까지 올라
가던 길 밥 먹으러 오라는 어머니의 목소리도 들리지 않
던 머리칼을 장독 뒤에 꼭꼭 숨기던 둥근 시간들은 지금
보이지 않는다 어둔 도랑도 깨금발로 쉽게 넘어가던 모
서리조차 인식하지 못하던 둥근 시간으로 돌아가고 싶
다)

내 손바닥 위 톱밥처럼 가득 쌓이는 네 귀퉁이들
울음의 질긴 뼈로 가득 썰어놓은 당신의 모서리를
남쪽의 끝까지 내려와 비로소 툴툴 털어버린다

내 눈앞에 환히 떠오르는 둥근 달을 보며
나는 암흑의 바다에서 눈을 뜬다
더 이상 갈 수 없는 땅끝 마을에 와서
나는 당신을 처음으로 만난다

입 다문 말

한밤중에 눈을 뜨게 하는 말이 있다

포화된 풍선마냥 가슴 속에 담겨 있는 말이
알 수 없는 누군가의 힘에 의해 펑 터지는 말이 있다

한밤중 눈을 틔우는 말은 이과수 폭포수처럼 힘차다
고생대부터 흘러내려온 이끼 낀 신생의 말이다
사람이 발 디디지 않은 신성의 숲을 지나
여기까지 흘러왔다

그 침묵의 말이 한밤중에 눈을 뜨게 한다
막힌 가슴에 물꼬를 틔우고
메마른 땅에 꽃을 피운다
삭제된 전언 귀를 긁는 마찰음 현실의 소음을 묻는다

그 침묵의 입에서 흘러나온 빛
그 신선한 빛으로 나는 숨을 쉬며 내 영혼은 자유롭다
그 초록의 빛으로 어렵게 말문이 트인다

한밤중 시어로 가득 찬 나의 정원이 환하다

벚꽃잎 서신

나비 날개, 벚꽃
흐드러지게 핀, 삼존석불* 앞
바람에 날리는 벚꽃잎들, 두 무릎 위에
고스란히 받고 있는, 모전석탑을 봅니다

돌 속에 갇혀 있던, 내 마음에 날개를 달아
어여쁜 나비로, 날게 한 당신
늠름한 어깨의, 장대한 당신이 서 있군요

천 년 동안, 한 발자국도 떼지 못하는
돌 속에 갇혀, 돌이 된 저 아미타불

연둣빛, 물오른 팔공산 기슭
천지간, 가득 날리는 벚꽃잎

    * 삼존석불: 7세기 통일신라 시대 초기의 조각. 경주 석굴
    암보다 1세기 먼저 조성된 우리나라 최초의 자연 석굴사
    원으로 제2석굴암이라고도 함.

밑그림

　막힌 굴뚝을 뚫느라 집안의 도구란 도구는 다 동원하
였다 끌과 망치 등 연장을 늘어놓고 십수 년 넘게 내팽개
쳤던 굴뚝을 뚫으려 했으나 너무나 완강했다 그 동안 연
기 때문에 제대로 숨도 쉬지 못하고 눈물 글썽이며 목구
멍에 밥을 쑤셔 넣었다 차가운 방바닥에 새우잠을 자며
시린 손가락에 붓을 끼워 헛그림만 그려댔다 밭은 숨으
로 그려진 그림이 그을음으로 그을린 도배지 무늬 속에
숨어 찾을 수가 없다 새파란 싹이 보이지 않는다 그 와중
에 그는 떠나고 말았다

　구들장을 들추고 아궁이를 다시 놓아야겠다 딱딱하게
굳은 내 몸의 물관부를 뚫으려면 뿌리를 누르고 있는 돌
부터 치워야겠다 내 몸을 운신하지 못하게 한 건 줄기가
아니라 뿌리가 잘못 놓여서다 밑그림이 제대로 된 그림
을 그리려면 중심점인 밑동부터 살펴볼 일이다 그래야
그도 기꺼이 돌아올 것이다

佛日井*

동짓날 빛을 먹기 위해 예불을 드린다

잎을 다 떨군 빈 나뭇가지가 빛을 먹어 초록잎을 틔우
고

빈 나뭇가지에 앉아 있던 멧새가 빛을 먹어 새 음이 트
인다

멀어졌던 사람이 빗장을 열고 대문에 발을 들여놓는다

빛의 알갱이들이 한데 모여 춤을 추니

묵음수행 중이던 겨울 산등성이가 환하다

내 어깨 위로 돋아나는 빛의 날개

원소리 하늘 위로 빛의 씨알을 문 새 한 마리 날아오른
다

어둔 우물 속이 환하다

　　* 빛의 우물.

일어서는 강물

늘 누워만 있던 강물이 오늘 몸을 일으키고 있다
　하얗게 낀 백태를 손끝으로 조심스럽게 벗기면서 서서
히, 아주 고요히 일어서고 있다

　영하 10도의 겨울과 맞서 팔씨름하듯 얼굴이 붉으락
푸르락하는 장작불, 그 장작불의 사그라지는 속도보다
더 느리게 강물이 일어서고 있다

　어깨를 축 늘어뜨린 강변의 저녁 갈대들이 모닥불 주
위에 아무렇게나 쟁여놓은, 금방이라도 무너질 것 같은
장작더미를 스산한 눈빛으로 바라보고 있다

　이제, 내 귓바퀴가 얼얼해지고 눈이 흐려져 강물의 운
신도 눈치채지 못할 때쯤이면 푸른 힘줄 돋은 팔뚝 걷고
온몸 던지며 타오르던 장작불도 이내 수그러들 것이다

　늘 누워 하늘만 바라보던 강물이 12월의 끝자락에 와
서야 느린 몸을 일으키고 있다 둥그런 능선따라 산의 높

이만큼 천천히, 아주 천천히 일어서고 있다

　가슴에 품었던 여린 물고기를 풀어주며, 눈부신 갈대
들의 눈빛을 땅에 묻으며, 노련한 화가의 붓터치처럼 맑
은 농담濃淡으로 가볍게 하늘로 오르고 있다

　쩽! 고막이 터질 듯한 한기 속, 소리 없이 사그라지는
장작불이 화안하다

나무 화석

적벽강이 흐르는 수통리 마을에서
흐르지 않는 옛집 하나를 만났다
낮은 돌담 안으로 보이는 툇마루
반들반들한 니스 속 나뭇결에 갇혀 나오지 못했다

푸른빛 나무무늬 속에는
도리깨를 휘두르며 깨를 털던 등 굽은 할머니의 그림
자가
선머슴애처럼 폴짝폴짝 뛰어놀던 가시내의 발자국이
수틀 위 붉은 목단꽃에 떨어지던 어머니의 눈물방울이
먹물처럼 번지고 있었다

하늘이 비치는 맑은 무늬결 속에는
가고 싶은 산천이 손에 잡히고
보고 싶은 어머니가 살아 돌아오신다

귀를 막고 세상의 소리를 접은 나뭇결 속에
화석처럼 굳어지고 싶다

낡고 헐어도 따사한 온기를 지닌
아파도 아픔을 모르는 푸른 무늬 속에
영원히 살고 싶다

푸른 무늬결 속에 갇히고 싶어
밤새도록 귀를 막고 찬 방에 굴러보지만
물컹한 내 여린 살 위로
끊임없이 흐르는 적벽강의 붉은 물소리가
내가 바르는 유년의 니스를 사정없이 지우고 있다

그의 바다를 읽다

남해의 푸른 바다가 보이는
땅끝탑을 오르는 갈두산 산길에서
빨간 앞발을 내밀고 있는 농게 한 마리를 만났다
156미터의 사자봉까지 오르느라 힘들었는지
발바닥에 빨간 피가 고여 있다
끝없이 넓은 바다를 마다하고
여기 산등성이까지 올라온 사연은 무엇일까
무량겁의 시간을 품은 무심의 바다에서 참선을 막 끝
낸 참인가
가시덩굴이 얽힌 풀숲을 오체투지하듯 기어오르고 있
다
눈 앞에 보이는 소망을 이루기 위해 땅끝탑을 오르는
나는
그의 무심의 바다를 볼 수 없을 것이다

더 이상 나갈 수 없는 땅 끝에서
여기까지 짐 지고 온 욕망의 무거운 배낭을 벗어던지
고

절벽으로 뛰어내리고 싶은 밤
맑은 남해 바다를 퍼다 담은 술을 마신다
머루 같은 눈알을 굴리고 있는 순한 눈의 그를 보며
그가 펼쳐놓은 무심의 바다를 맘껏 헤엄친다

마음의 귀를 닫다

무너미 입구에서 귀를 막고 서 있는 수양버들을 보았
다 봄이면 윤기나는 연초록 머리를 강물에 담그고 강물
과 소통하던 수양버들이 빈 가지로 서서 꽁꽁 언 강물만
멍하니 바라보고 있는 걸 보고서야 요즘 가슴에 자주 통
증이 오는 이유를 알았다 숨이 막히고 밤에 잠이 오지 않
는 이유를 알았다 수양버들 가지 끝에 달린 귀가 찬 바람
에 얼어터졌는지 가까이 있으면서도 강물의 여린 심장
소리를 듣지 못하고 있었다 "깊고 지극한 마음만 있으면
눈과 귀는 없는 것과 같다"*고 하지 않았던가 그가 마음
의 귀를 열지 않아 강물이 그만 가슴에 얼음덩이를 안고
입 다물었던 게다

* 박지원의 『열하일기』 중에서.

눈빛 전언

능금꽃이 흰빛으로 터졌다

멀리서 손전등을 켜고
어둔 골목길을 걸어오는 능금꽃

수십 년 어둔 골목길을 걸어와
이제 겨우 내 집 앞에 당도한
그의 환한 눈빛
우리 집 담벼락 위에서 편지글을 띄운다
부치지 못한 사연들을 꽃잎 모양으로 접어
나뭇가지에 달아놓는다

어디서 날아왔는지 새 한 마리
꽃잎 속에 들어가
그의 마음이 담긴 말들을 물고 하늘 높이 날아오른다

순간 오래된 골목길을 밝히며
흰빛으로 터지는 꽃잎들의 함성

2
히어링

白蓮體

연잎 위에 얹힌 빗방울이 굴러 떨어지는 순간
연꽃 봉오리는 흰빛 언어로 터진다

연잎 위 은방울 구르는 소리에
잠시 두 귀를 접고 생각에 잠기는 흰 꽃잎들

물 한 방울의 무게마저 실리지 않은 가벼운 영혼일 때
비로소 몸을 여는 흰빛 무구한 불립문자

황금 서랍 읽는 법

기린의 긴 목을 지닌 여인이
가슴에 황금빛 서랍을 열고 강가에 서 있다

열린 서랍 속에는 푸른 강물이 가득 흐르고
흰 물새 한 마리 강물을 차고 하늘로 오른다

그녀의 서랍 속 풍경은
그녀의 머리 속에 지워지지 않고 있는 기억들
전생부터 돌고 있는 차륜의 바퀴살
내세에도 이어지는 소망의 강물이다

바람에 흔들려 고리의 연을 끊고 어둠 속에 잠기는 새는
빛나는 이슬을 보지 못하는 법

황금빛 빛나는 서랍 속에는
허깨비 같은 그의 눈으로 바라보던 그녀의 실체
그의 착각이 빚은 그녀의 몸뚱아리는
애초부터 없었다

뜨거운 심장의 박동 없이 오감으로만 느끼는
그의 직관은 어둠의 환영 속에 갇히고 만다
모태인 강물을 담고 있는 기린여인의 신비한 가슴을
그의 흐린 눈으로는 끝내 보지 못할 것이다

기린여인의 열린 가슴에는 여전히 꿈의 강물이 흐르고
그녀의 하얀 새가 물을 차고 하늘로 오르고 있다

겨울 팔당호

1300도의 화덕에서 새겨지는 도자기의 무늬처럼

칼바람이 버들잎을 얼음관 위에 새겨놓고 있었다

얼음이 녹으면 사라지고 말 빈 말들을

얼음관 속에 채우고 있었다

초록 풍경에 갇혀 죽은 듯이 누워 있는

흐르지 못하는 슬픈 사랑을 보았다

지난 가을 일어서 가던 강물이 다시 돌아와 눕는 것을

하얀 얼음을 관삼아 꼼짝 않고 누워 있는 걸

영하 15도의 겨울 분원리에 가서 보았다

직지사 석탑

햇볕이 호일처럼 반짝이는 봄날이면 직지사에서 조금 떨어진 저수지에는 황악산 산봉우리 닮은 푸른 물고기 한 마리, 수양버들 가지를 감고 구름 사이를 헤엄쳐 다녔다고 한다 직지사에서 시내로 오리를 걸어나와서야 보이는 작은 우체통, 누군가가 매일 쑥향나는 편지를 넣곤 했는데 봄소식을 긴 부리에 문 후투티, 직지사 대웅전을 한 바퀴 돌 때쯤이면 정오의 범종소리가 저수지에 하얀 물너울을 그리곤 했단다 물너울 새겨진 돌멩이를 지느러미에 품은 물고기, 직지사 대웅전 앞까지 걸어나가 하얀 석탑을 쌓았단다 제 가슴이 무거워 물 속에 가라앉는 것도 모르는 채 그를 위해 매일 가슴에 돌 하나씩 쌓아 올렸단다 황악산 봉우리처럼 높은 석탑이 완성되었을 때 댕기머리 고운 후투티도 보이지 않았고 물이랑 너울대던 종소리도 울리지 않았단다

성소

세상의 온갖 잡동사니들이 몰려오는
해안선의 뻘 속에서 뿌리를 내리는 맹그로브

진흙투성이에서 몸을 풀어
새끼를 줄줄이 낳아 기르며

세상의 쓴맛 단맛 다 보며 그 속에서
저 혼자 깨우치는 나무

진흙 속이 천국이라 믿고
진흙 속에 팔을 벌려 죄 안다 보니

어느새 푸른 바다가 그의 몸이 되고
그의 몸은 진흙을 걸러내는

맑은 성소가 된

한계령에 갇히다

한계령은 그대의 세찬 눈빛
한계령은 그대의 세찬 눈빛이 만든 세찬 바람
한계를 지닌 세찬 회오리바람
더 이상 나가지도 물러서지도 못하게 하는
그 자리에 붙박히게 하는
한계의 회오리바람
한계령의 회오리바람 속에는 지구를 제자리걸음하는
바닷가에서 본 누군가가 있다
바다에 묶여 뭍으로 나가지 못하는 누군가의 긴 다리
가 있다
바다를 떠나면 죽는 누군가의 운명이 있다
바닷가에서 본 누군가의 긴 다리 때문에 나는
한계령에 갇힌다
한계령의 세찬 회오리바람에 여지없이 갇힌다
제자리에서 뱅뱅 돌며 한 자리에 붙박히게 하는
그대 세찬 눈빛인 겨울 바다에 속절없이 갇힌다
저 멀리 새하얀 눈〔雪〕빛의 반짝이는 동해 바다를
가슴에 품은 겨울 한계령에 영원히 갇힌다

삼월에 내리는 눈

감나무에 걸려 있는 시래기 위 삼월의 흰 눈이 아프게 꽃눈 틔우는데 원경의 강물은 흰 여백 속에 숨었는지 숨소리조차 들리지 않는다

물기 빠진 잎새에 은빛으로 빛나는 잎맥, 마지막까지 붙잡고 싶은 생의 깊은 무늬 같아 마지막 날아가고픈 영혼의 여린 날개 같아 삼월의 흰 눈도 뒤꿈치 들고 조심스레 내려앉는다

여백 속에 숨어버린, 흰 눈과의 경계마저 허물고 있는 강을 바라보며 그는 제 몸에 흐르던 모든 길을, 은빛으로 출렁이던 강물소리마저 지울 것이다 머지 않아 보시할 몸마저 버릴 것이다

흰 여백의 침묵을 견디지 못해 찬 바람 쐬러 나온 강변, 찻집 유리창 너머로 하얀 새 한 마리 호로록 날아오른다

다 버리고 다 비우고서야 가볍게 하늘로 날아오르는 새

삼월의 아픈 눈 되어 다시금 지상에 꽃눈 틔우는가

머굿잎 사랑

망종에
머구대를 꺾으니
머리 위를 맴돌던 왜가리
머구 머구 하며
먹통으로 우네

보리 패는 망종에
머구대를 꺾으니
주황빛으로 팔랑이던
머굿잎 그대 사랑
손톱 끝에 어둠되어 파고들어
논 속 개구리
머구 머구
먹통으로 우네

한낮의 햇볕으로 삶아도 삶아도
지워지지 않는
먹빛 그대 사랑

먹물 까맣게 내뿜어
천지를 밤으로 물들이니
밭고랑에 넘어져 일어서지 못하네

머구대 꺾여져도
풋보릿대 꺾여져도
그대 쌉싸래한 보랏빛 향기
내 몸에 싸하니 남아
내 몸을 싸하니 맴도네

보리 그슬음 불
주황빛으로 타오르는
망종이 오면
머굿잎 그대 사랑 되살아나
천지가 빛으로 웃겠네
천지가 주황빛으로 웃겠네

    * 머구는 머위의 경상도 사투리임.

클림트의 바람

벨베데레 궁전의
노란 해바라기를 따라
낮 12시에 머물던 바람
긴 회랑 끝 클림트의 방
눈 감은 꽃잎* 위로
황금빛 별빛을 쏟아붓던
황홀한 바람

숲길에서 갑자기 방향감각을 잃고
절벽으로 떨어져내리네요
어둠이 제 그늘을 깔아
꽃불을 놓으니
은하의 하늘과 진녹의 숲이
눈을 감고 뜨지 않네요

몇 겹의 잠을 자다 지금 깨어났는지요
몇 겹의 지구를 돌다 지금 도착했는지요
벨베데레 궁에서 멈춘 시계가 지금 가고 있군요

벨베데레에서 내가 입은 마력의 황금빛이
영원으로 빛나던 황금빛 별빛이
이 봄 이 도시에 다시 살아나는군요

정오의 노란 해바라기 앞에서
눈부시게 빛나던 황금빛 속삭임을 듣네요
다시 돌아올 수 없는 시간이
다시 돌아올 그대와 나의 시간이
주황빛 나선형의 시계탑 위로
지금 올라가고 있네요

    * 구스타프 클림트의 〈Kiss〉 : 오스트리아 빈의 벨베데레
      궁 미술관에 전시되어 있음.

달 속의 연인들

봄밤 그대 만나러
리라꽃 흰 꽃잎, 새하얀 물감 풀어
울트라 마린 블루의 크레센트 속으로 들어갔어요
블루의 얇은 빛 속을 뚫고
서늘한 크레센트 속에 들앉았어요
붓에 듬뿍 묻힌 리라꽃 향기
푸른 달 속에 가득 차오르고
그 달 속에 빈틈 없이 그려지는
그대의 하얀 이마, 하얀 코, 하얀 말
그대와 나, 크레센트는 하나가 되었지요
실금 하나의 경계 없이 껴안은
브란쿠지의 '입맞춤' 의 연인들이었어요

붓을 놓으려는 순간
내 손목에 걸린 까만 묵주알
어디선가 파이프 오르간 소리 들리고
하얀 물감 잔뜩 푼 팔레트
리라꽃 머금은 달 아래로 떨어지고 말았어요

나, 잠시잠깐 까마득한 초승달, 그 속에서 그대를 만났
던가요?

유리창에 어리는 희부연 달빛 속
리라꽃잎 새하얀 얼굴로 부서지는데
빗금으로 그려진 브란쿠지의 연인들
두 눈을 꼭 감은 채 이마를 맞대고 서 있네요

히어링*

내 몸에 쌓인 햇빛을 지우기 위해 한증막 속으로 들어가 눕는다 맨살 위에 세운 햇빛의 거푸집을 무너뜨리기 위해 뜨거운 열과 맞서기로 한다 막무가내로 쏟아지던 햇빛에 농익어 포도송이로 부풀어오르던 집

만달 가득 떠오르던 집이 뜨거운 증기 속에서 투명한 눈물을 흘린다 포도나무 길고 검은 그림자 속으로 집이 묻힌다 그가 비추던 한 세계가, 내게로 왔던 그의 길들이 지워진다

내 몸의 일부였던 또 하나의 집 한 채, 쓰라린 환부를 남기고 사라져도 신음소리를 낼 수 없다 아파도 아프다는 말을 할 수가 없다 나를 비추던 햇빛은 이미 세계의 소리를 담고 있는 거대한 책이었기에

적막의 긴 그림자 속에서 유음流音으로 굴러가는 발자국 소리를 듣는다 말줄임표 하나 남기지 않고 거침없이 흘러가는 물의 길을 본다 하현달로 기울어진 나는 물 밑

바닥에 관처럼 누워서 물 위에 어룽지는 햇빛의 자잘한
무늬들, 눈부시게 빛나는 그의 얘기들을 환청으로 듣는
다

   * 〈The five senses—Hearling〉 : 오스트리아 화가인 Hanks
    Makart의 작품. 벨베데레 궁 미술관에 전시되어 있음.

개울물에 떠내려가는 벚꽃잎 속에서
베르디의 레퀴엠 소리를 들었다

벚꽃이 피는 그 한순간
그를 이름 짓던 모든 것들이
내가 열어놓은 렌즈 속에 고스란히 담겼다
덧니를 드러내놓고 웃던 새하얀빛 웃음
애타게 바라보던 눈빛, 종종이며 달려오던 발걸음

벚꽃이 피었다고 생각하는 그 한순간
렌즈가 닫히고 그는 사라졌다
죽음 같은 침묵
하얗게 바래지는 말, 잊고 싶지 않았던
뒷모습의 잔영까지 검은 조리개가 삼켜버렸다

개울물에 떠내려가는 벚꽃잎은
물빛이었다 하늘빛이었다……
내가 이름 짓던 그의 빛들은 어디에도 없었다

조리개가 열렸다 닫히던 그 한순간
그는 죽었다

그는 죽고 그의 노래만
눈부신 빛의 입자되어 하늘로 날아갔다

오래된 그림

광릉 수목원에서 태풍 곤파스로 넘어진 전나무를 보았
다

뿌리에 붙은 흙덩이를 한아름 안고 가로로 길게 누워
있는 모습이 내 마음 속에 간직한 오래된 그림처럼 편안
해보였다 한때 저 미끈한 몸매의 전나무는 기름진 토양
에 뿌리를 내리고 끝간 데 없이 줄기를 뻗어나갔겠지 산
너머까지 볼 수 있는 눈을 다느라 잎새들은 온 힘을 다해
젖줄을 빨아댔겠지 살쾡이의 발톱에 긁혀 껍질에 상처가
나기도, 이름도 모르는 새떼들의 공격에 나이테의 둥근
올마다 속울음 새겼겠지

나무는 뿌리채 뽑혀서도 한사코 그를 있게 한 흙덩이
를 붙들고 놓지 않고 있다

땅만 바라보며 꿇어 엎드려 있던 흙에게 그가 본 산 너
머 환한 세계를 보여주고 싶었던 것일까 하늘로 죽죽 뻗
은 전나무들 사이, 흙의 품에 안겨 하늘을 바라보며 편안

히 누워 있는, 온몸에 긁힌 상처를 땅에 묻고 붉은 나이테
속, 내 곁을 떠나지 않고 있는 저 나무등걸

부드러움이 이긴다

뼈와 뼈 사이에 부드러운 연질로
숨어 있는 디스크
지금껏 소리 없이 숨어 있던 디스크란 놈이
느닷없이 튀어나와 내 몸을 마음대로 좌지우지하고 있
다
바로 앉지도 서지도 못하게 하며
바늘 막대로 꼭꼭 쑤시듯 시도 때도 없이 눈물을 빼게
한다
제게 무심했다며 큰소리친다

지금껏 바깥에 드러난 단단한 뼈대만이
내 중심을 받쳐주는 지렛대인양
따슨 밥을 먹이고 좋은 옷을 입히며 공양했다
쭉 뻗은 산맥인양 자태를 뽐내며 온 데 싸돌아다녀도
카마수트라에 나오는 별별 야한 포즈를 취해도 애교로
봐주었다
밤새도록 책을 먹느라 웅크리고 앉아 있는 고양이
이슬을 따먹느라 한쪽 발을 풀잎에 붙이고 간당거리는

메뚜기

　어떤 무모한 고난도의 테크닉을 부려도 눈감아 주었다

　어느날 지렛대가 무너지는 순간
　나는 알았다
　나를 받치고 있었던 것이 눈에 보이는 뼈들이 아니라
　보이지 않는 곳에 숨어 몸이 닳도록 헌신해온
　부드러운 연질인 수핵이었음을
　울울창창 나무들을 키워온 물이었음을
　외양에 끌려 안을 들여다보지 못했던 내게
　그가 흘렸던 만큼 눈물을 빼보라며 큰소리친다
　몰라본 내게 오지게 복수하고 있다

애월리涯月里에서 보내는 편지

파도가 씻기고 간 검은 바위 귀퉁이에
감기지 않는 커단 눈이 생겼습니다
하얀 소금기를 담은 동공 속
그믐달이 까무룩히 기울어지고
그 기울어지는 각도에 따라
바위의 몸이 점차 오그라듭니다

우레처럼 달려와
온몸으로 부딪치며 울부짖던 당신
흰 포말의 아우라 속
하얀 물새 한 마리 날아오르는 걸 봅니다
단단한 부리가 쪼아대던 현무암, 여린 등줄기에
영원히 감기지 않는 눈이 생겼습니다

그 눈은
당신과 나를 이어주는 영원의 문
만월이 뜨면
당신이 오는 길을 알고

등에 붙은 내 커단 눈은
천연의 소금기를 하얗게 뿜습니다

천 년 동안
당신의 발자국 소리에 귀 기울이느라
거북을 닮아가는 내 몸에는
밤에도 대낮처럼 환한 달맞이꽃, 화등花燈이 켜지고
내 눈이 쏘는 인광에
어김없이 애월愛月인 나를 찾아옵니다

내가 잠시 두고 온
애월리 바닷가, 거북 바위에는
등 뒤에도 빛나는 눈이 있어
달빛 문을 열고 들어오는 당신의 발자국 소리 듣습니
다
은하수 저편, 은빛 무늬 짜는 당신의 날갯짓 소리 듣는
여름 밤입니다

별을 찾을 수가 없다

내 몸에 붙어 있는 통신망 중
가장 소중한 센스
오른쪽 가운데 손가락이 고장이 났다
젓가락질을 배우던 떡잎 같은 손가락
ㄱㄴㄷㄹ 미농지에 쓰던 새파란 촉의 손가락
펜촉이 닳도록 잉크빛 잎을 틔우던 손가락
엉겅퀴 씨앗처럼 콘사이스에서 떨어지지 않던 손가락
대학 입학 통지서를 받고 서울행 기차표를 끊던
나무 줄기에서 떨어져 나오던 손가락
왕십리 추운 캠퍼스에서 뿌리 내리지 못하고 헤매던
손가락
첫 발령지 한강 초등학교로 접붙이던 손가락
십 년 동안 새싹을 키우던 분필가루 하얀 손가락
이문동에 뿌리를 내리고서 사표를 쓰던 손가락
열매를 달기 위해 열심히 밭을 갈던 마디가 굵어지던
손가락
추수 때마다 춤추던 손가락
하늘과 소통하기 위해 시를 쓰던 손가락

이제 내 몸의 가장 소중한 센스가 고장이 났으니
하늘에 있는 별을 찾을 수가 없다
펜글씨도 삐뚤삐뚤 워드도 떠듬떠듬
별빛이 보이지 않으니
그대에게 가는 길도 어둡고 멀기만 하다

리마인드 리마인드

언어장벽에 부딪혀 뇌세포가 죽어간다고
울던 까마귀
하버드 대학 서점에 와서 울음을 멈춘다
여러 나라 언어로 번역된 『어린 왕자』 책들 앞에서 입
을 다문다

영어로 된 책장을 넘기던 까마귀
묶여 있던 단단한 사고의 알을 깨고 날개를 단다
산을 넘고 물을 건너 고향의 미루나무에 앉아
"까악 까악" 고유의 음률에 맞춰 노래 부른다
낯익은 여우가 나를 보며 폴짝폴짝 뛰어다닌다
사막의 우물 속에서 빨간 장미가 피어난다
―네 장미를 그토록 소중하게 만든 건
네가 너의 장미를 위해 소비한 시간이야*
고향에서 울던 목소리로 첫 장부터 천천히 읽어나간다
풀어졌던 언어의 나사를 조이며
―리마인드 리마인드

　　　* 생텍쥐페리의 『어린 왕자』에서 인용.

3
바다로 만든 방

幻·1
── 니르바나

진흙 속에서 한 몸 되어 뒹굴었지

눈 먼 채 뿌리 붙잡았지

진흙탕에서 한바탕 씨름했었지

수천 번 뒤로 나자빠지고 앞으로 고꾸라졌었지

쏟아지는 장대비에 수만 번 엎치락뒤치락했었지

진흙 입에 가득 문 채 욕천계 색천계를 지났었지

가슴 가득 쌓인 진흙 몸에서 몽땅 빠져나가서야

뿌리를 놓고서야 비로소 눈이 뜨이는 세상

빤짝이는 수면 위로 피워 올린 한 송이 연꽃

觀音鳥

능가산 위로 금빛 새 한 마리 날아오르는 걸 보았다

어디 간다는 말 한 마디 않고 떠났던 새
천 년 동안 꿈쩍 않고 앉아 있는 내소사
대웅보전 앞에 금빛 날개를 접는다

못 하나 박지 않고 지은 대웅보전
혹여 당신이 채색한 단청이 흠이 날까
풍경 소리에도 잠 이루지 못한 날들

천 년 동안 비우고 비워서 지금은 색이 다 바래진
붓질한 흔적조차 찾을 수 없는 민낯의 나무토막들
당신이 드나들던 여덟 짝 문살, 꽃살 문양마저
맨살의 나뭇결을 드러낸 채 지는 해에 흰빛으로 빛나
고 있다

색이 사라지고
남은 건 허공을 붓질하던 새의 기억

대웅보전이 내뿜는 흰빛의 적요 속으로 사라지고 있는
금빛새의 울음 소리

가족 사진

내가 태어난 바다 위에서 가족 사진을 찍기로 한다

흰구름 위에서 날개를 달고 내려온
만지면 다시는 만날 수 없을 것 같은 아버지와 어머니
를
맨 앞자리에 조심스레 세운다
돛단배를 타고 금방 도착한 동생들 손을 흔들며 뛰어
오고
수신음을 듣고 해초 사이를 헤엄쳐 온 해마 같은 아이
들
얼굴은 흰 소금밭처럼 빛난다
햇빛으로 된 셔터를 누르자
웃음 띤 얼굴들이 흰 모래사장 위에 잠시 새겨진다

검은 천을 내리자 뿔뿔이 흩어지는 가족들
구름을 타고 내려온 아버지와 어머니
나를 낳은 바다에 혼자 남겨놓고 물방울되어 하늘로
올라가고

돌고래를 타고 태평양을 건너온 아이들
바다 속에 들어가
또 다른 바다를 낳는지 보이지 않는다
바다가 프레임인 사진 속
없는 사람은 아예 없는 사람이 되었다

푸른 바다로 출렁이는 물의 가족들
다음에는 어디서 다시 만날 수 있을까 곰곰 생각하며
두 번 다시 담글 수 없는 시간의
바다에서 걸어나온다

무심코 바위

백인이 점령한 인디언 마을에서
나는 '주먹 쥐고 일어서' 가 아닌
'눈물을 달고 잎새' 라 불렸다
태중에 어머니가 바닷물을 죄 들이마셨는지
태어날 때부터 작은 소리에도 눈물을 매달았다
먹구름이 미루나무 가지에 걸치기만 해도
내 몸은 비를 예감하고 젖어들었다
물기가 마를 날이 없는 '눈물을 달고 잎새' 는
사람들 가슴에 빛나는 별이거나
우주를 머금은 아침 이슬이었다
몇억 년 동안 울지도 웃지도 않던
'무심코 바위' 인 어머니가 갑자기 세상을 떠나시던 날
'눈물을 달고 잎새' 인 내 이름이 사라졌다
천둥 번개가 치고 세상이 물바다가 되어도
눈도 깜짝하지 않는 '무심코 바위' 가 되었다
독수리가 어둠을 낚아채어 허공을 날아오르고
돌창에 맞은 사슴이 선지피를 흘리는 인디언 마을에서
수천 개의 화살을 맞아도 피 흘리지 않고 멀쩡히 살아

남은

　무뇌의 광물이 되었다
　어머니의 이름 '무심코 바위' 로 무심히 살아가는 나는
　내가 태어난 바다도 잊은 양 눈물을 흘릴 줄 모르는데
　별이 된 어머니께서 그런 나를 보시고 별똥 같은 눈물
을 흘리신다

바람의 이력

어머니가 가꾼 꽃밭에서 어린 채송화로 눈 떴을 때 바람의 이름도 몰랐어요 땅에 바짝 붙어 있는 엄마의 부드러운 가슴에 안겨 흔들리는 것이 무엇인지도 느끼지 못했으니까요

흙담 옆 키 큰 해바라기로 서 있는 날부터 무엇인가를 흔들리게 하는 바람은 서러운 것이라는 걸 알았어요 밤마다 화선지 위, 없는 해의 얼굴을 그리는 어머니의 떨리는 붓끝을 바라보며 나는 흔들리지 않으려고 노랗게 횟배를 앓으며 꼿꼿이 서 있어야 했어요 내가 고개를 떨구면 어머니가 그리는 해가 사라질 테니까요

어머니가 가꾸던 화단이 사라지자 나는 돌담을 타오르는 담쟁이넝쿨이 되었어요 바람이 불어와도 돌 틈새에 끼운 발가락을 놓지 않았어요 보이지 않는 해를 그리고 그리다 한평생 물기 머금은 잎새 흔들며 한 곳에 뿌리 내리시던 어머니 서럽게 흔들리면서도 내게 뿌리 뽑히지 않는 법을 가르쳐주었지요

비바람 몰아쳐도 푸른 잎새 반짝이며 끝간 데 없이 올
라가는 저 담쟁이넝쿨 좀 보세요 바람을 넘어, 바람을 잊
은 채 바람조차 없는 저 무한대공에서 자유롭게 팔랑이
는

꼬맹이 천사

어느날 아침 문득
투명하고 가벼운 잠자리의 날개
장미꽃잎처럼 보드라운 입술
머루알 맑은 눈동자의 천사가
내 어깨 위에 살포시 내려앉았다

수천 년 전부터 하늘을 운행하던 별이
잠자리 날개를 빌어
장미꽃잎과 머루알의 이름을 빌어
내게 유성처럼 떨어져 내렸다

─우리 이쁜 아가는 어디에서 뚝 떨어졌을까 물으면
─의자에서 뚝 떨어졌지요 라고 대답하는
두 돌 된 이쁜 서은이는
천사의 이름을 달고 하늘에서 뚝 떨어진

별님처럼 반짝반짝 빛나는 꼬맹이 천사가
오늘도 보이지 않는 요술 지팡이로

집안 구석구석 빛을 뿌리고 있다

봄나들이

모본단 저고리에 유똥 치마를 곱게 차려 입은
어머니가 보퉁이를 안고 나를 찾아오셨다
생전에서처럼 옷매무새 하나 흐트러짐 없이
내 곁에 앉으시더니 보퉁이를 푸셨다
손수 손재봉틀로 만드신 물빛 땡땡이 무늬 원피스랑
내 머리를 곱게 빗겨 주시던 참빗을 꺼내
봄 햇살 속에 풀어 놓자
나는 뜰 안 가득 황매화 핀 시골집 안마당에 서 있었다

앞가르마에 양 갈래로 머리를 땋은 계집아이가
류색을 짊어지고 어머니의 하얀 코고무신이 놓인
섬돌 밑에서 나비처럼 폴짝이고 있었다
분꽃향 나는 어머니의 치맛자락이 대청마루에 쓸리고
삶은 달걀 냄새가 정지간을 휘돌아 행랑채 시렁에 걸
리면
어느새 계집아이는 대문 밖으로 쏜살같이 달려나갔다

버스 정류장에서 스무 걸음 안팎

감나무집 여선생님이라면
골목을 지나가던 어르신들까지 모두 고개를 숙였다
혼자 힘으로 삼남매를 알밤처럼 여물게 키우는
서른 남짓의 고운 어머니를 갸웃이 바라보면서
사람들은 들녘에 홀로 서 있는 고고한 학이라고 생각
했다

(나는 얼른 어머니의 손을 잡고 골목길을 걷고 싶었다
어른들의 인사를 받으며 촐랑촐랑 봄나들이 가고 싶었
다)

어머니께서는 내 속마음을 다 아셨는지
시집 『하늘새』를 출간하자마자 나를 찾아오셨다
꿈에서 어머니가 곡비를 앞세워 챙겨 오신 새 옷과 참
빗은
나들이가 아닌 다른 깊은 뜻이 있었기에
오늘 나는 시인들 모임에 나가지 않았다
태어난 아이의 장래를 생각하며 퉁퉁 부은 얼굴로

종일 거울 앞에 앉아 흐트러진 머리를 참빗으로 빗고
있었다

먹빛으로 우는 새
— 피에타*

보리수 거리를 걷다가
우연히 '노이에 바헤'에서 검은 눈물 흘리는 새를 만
났다

백 년 동안 어둠을 껴안아
온몸이 어둠이 되어버린 새
검은 두건을 쓰고 검은 등을 구부린 채
천장에서 쏟아지는 빗줄기에 온몸이 젖어도
가슴에 품은 검은빛 둥지는 한사코 놓지 않는다

저 어미새는
참기 어려운 공복의 시대를 견디기 위해
보리수 푸른 나뭇가지를 물고
동독의 흐린 하늘을 수천 수만 번 날아올랐으리라

검은 깃을 세우며 차가운 시멘트 바닥을 딛고 일어서
려는
저 불굴의 의지

과거의 어둔 빛을 몰아내듯 젖은 깃털을 열심히 털고 있는
저 어미새의 눈빛은
우리집 벽에 걸려 있는 먹그림마냥 깊고 슬프다

검은 피처럼 엉겨붙어 떨어지지 않는 전쟁의 상흔들
통일의 벽에 방점 하나 찍을 수 없다며
먹빛으로 울고 있는 어미새에게서 어머니의 얼굴을 보았다
도깨비바늘처럼 붙어다니던 슬픔을 땅에 묻고
이제는 무덤에 누워 하얀 꽃을 피우고 있을 나의 어머니

그 검은빛 숭고한 여인 앞에서 무릎 꿇고 빌었다
―아픈 영혼아! 제발 빛을 물고 하늘로 날아가거라

* 베를린의 여류 화가인 캐테 콜비츠(Käthe Kollwitz)의 작
  품인 〈피에타〉를 1993년 조각가 하랄드 하케(Harald
  Haache)가 실물보다 크게 본따서 제작함. 보리수 거리
  (Unter den Linden) 북쪽에 위치한 노이에 바헤(Neue
  Wache, 새로운 경비소) 건물, 천장이 없는 넓은 홀 안에
  전시되어 있다. 〈피에타〉의 부제는 '죽은 아들을 안고
  있는 어머니'로 그녀는 전쟁에서 잃은 아들에 대한 슬픔
  을 이 조각상을 통해 표현하고자 했다.

천사의 눈
— 볼티모어에서 뉴욕으로 오는 버스 안에서

천사처럼 웃던 아가의 눈
눈 한번 깜짝 않고 쳐다보던
아가의 반달눈이 눈에 밟혀
고속도로의 단풍길이
온통 물안개가 인다
한 시간 반이나 달려와서야
갈대숲에서 지저귀는 새처럼
비지*가 까르르 웃으며
안개를 걷어 간다
옹알이하며 웃던 비지의 눈
아나폴리스의 유리 가게에서 보았던
유리천사 되어 내 귀에 종을 울리고 있다
—할머니, 빠이 빠이
—씩씩하게 잘 자랄게요
사랑의 메신저인 유리천사 되어 고사리 손을 흔들고
있다
숨막히는 기쁨과 행복을 가져다 준 천사
이스턴 버스 안에 가득하다

옆자리에 앉은 흑인 남자의 젖은 눈을 닦아주기도
앞자리에 앉은 꼬마 아이의 투정도 들어주며
포로롱 포로롱 야린 날갯짓하고 있다
또르르 구르는 아가의 웃음 소리로
지는 해를 등에 업은 델라웨어
메모리얼 모뉴먼트 저녁 숲이
수정 유리알처럼 환하다

* 비지(BIZI): 2개월 된 손주(태훈)의 닉네임.

바다로 만든 방

창문을 열고 당신의 바다를 끌어들여 방을 꾸며야지

해초 냄새 나는 당신의 입김으로
잠에서 덜 깬 내 눈썹 열어줄 창문을 만들고
햇빛 따라 바뀌는 당신 마음의 색깔
스카이 블루, 세루리언 블루, 울트라 마린의 바닷물로
창문마다 색색의 커튼을 달아놓아야지
꿈처럼 스르르 밀려오는 당신의 부드러운 손길로
푹신한 소파와 쿠션을 만들어볼까

당신의 긴 허리에 두르고 있는 수평선을 끌고 와
당신이 나를 모르거나
내가 당신을 모르는 문장을
햇볕 잘 드는 창가에 걸어놓아야지
내 외로움이 깊으면
당신 가슴 한켠에 지은 외딴 집
달빛에 굴 껍질이 샛별처럼 반짝이는 섬을 불러 와
새벽녘까지 내 머리맡에 앉혀놓고 말없이 바라볼 거야

내 가슴 가득 한량없는 밀물로 밀려와
만월로 차오르던 당신
어느새 창문을 넘어 내게서 사라지네
보름 동안의 기쁨보다
보름 동안의 외로움이 더 크기에
이제 나는 창문을 잠그고 방문을 열지 않을 거야

내 마음에 새겨진 당신, 해초무늬 청금석으로 반짝이
고
보름달 속에 찰랑대던 물결 소리 귀에 쟁쟁한
보석으로 빛나는 내 마음의 방

생계란 하나의 무게

추운 겨울 갓 낳은 계란을 외투 속에 품고, 십리 시골 길을 자전거로 달려오다 얼음 바닥에 수십 번 넘어지던 그가 진자줏빛 오디나무 속에 있다 한 알의 소중한 생계란을 내 입에 넣어주기 위해 고스란히 가지를 털고 있다

그 오랜 시간 공들여 맺은 열매들을 다 내주고도 아무렇지 않다는 듯, 햇빛에 잎새를 반짝이고 있는 숙맥 같은 저 오디나무 잎새 뒷면에 숨은 그늘을, 벌레에 긁힌 자국을 눈치채지 못하고 덩달아 춤추던 진자줏빛 오디는 성체조배 때 제대에 오르던 회한의 빛깔이다

오디를 죄 털어내고도 가지 끝마다, 연둣빛 보드라운 눈빛으로 돋아나는 새순들 상주 가는 길목, 외모면 들판에 서서 깜부기를 입에 문 누런 보리밭을 바라보며 아직도 선한 얼굴로 '하하' 웃고 있을 오디나무

그가 내게 바친 소중한 시간들, 실핏줄 어리던 비릿한 청춘의 생계란 하나, 그 무게만큼의 오디즙 한 종지 내 품

에 싸서 그에게 갖다준다면 제대 위 진자줏빛으로 빛나
는 그 잔을 마실 수 있을까

당신이 나를 사랑해서

당신이 나를 사랑해서
오늘 밤 하얀 눈이 벚꽃으로 날린다
우리가 처음 만난 사월의 벚꽃눈으로
내가 사는 이 땅에 수북수북 쌓인다

당신이 내게 얹어준 벚꽃, 이쁜 꽃관을 쓰고
사슴이 뛰노는 깊은 산속
아무도 밟지 않은 하얀 땅
우리 손잡고 맨발로 걸어가자

당신이 나를 사랑해서
맑은 개울물이 음악처럼 흐르고
하얀 옷으로 갈아 입은 자작나무들이
천사의 목소리로 '올드 랭 자인' *을 부른다

당신이 나를 지극히 사랑해서
나는 벚꽃관을 쓴 최초의 신부가 된다
처음으로 눈뜨는 사슴의 큰 눈망울

개울물 속에 수정으로 빛나고

내가 당신을 사랑하는
세상의 검은빛이 묻히는 하얀 땅
제 몸을 불태워 화촉을 밝히는
자작나무 빛나는 하얀 숲에서
오늘 밤 나는 영원히 산다

* 다시 만났을 때의 기쁨을 노래한 스코틀랜드의 민요.

1971년

—— Unlimited

참나무 떡살에 새겨진 무늬다

떡메로 친 절편에 나만의 무늬를 찍기 위해
참나무를 대패로 밀고
창칼로 무늬를 새겼다
목단꽃을 피울까
매화꽃을 피울까
당초무늬를 새길까
서툰 솜씨에 손가락에 피가 멎을 날이 없었다

은은하고 고아한 빛의 나뭇결
대웅전의 꽃창살무늬마냥
내 생애 딱 한 번, 지워지지 않을 문양
선명한 무늬의 윤곽선을 뜨기 위해
직지사 달빛 아래서 밤새도록 두 손을 모았다
내 영혼의 목소리를 들어줄 누군가를 위해
이슬 빛으로 빛나는 참나무 하얀 줄기에
아침 햇살을 오롯이 새겼다

아프게 금빛 살을 박았다

지금도 허기질 때면 찾아가는
고향 집 정든 토벽을 비추고 있는
햇빛 머금은 저 참나무 무늬들
그에게 보여주고 싶은 내 마음의 얼굴이다

사라방드

헨델의 〈사라방드〉 속에는
병영 열차를 떠나 보내던 새벽 철길
개망초 하얀 꽃
개망초 좁쌀만한 하얀 꽃잎 속에 흔들리던 연인들이
있다
개망초 쪼그만 꽃잎 얇은 볼 위에서 미세하게 떨리던
손
출발 신호가 울리기 전 짧은 몇초 동안
프레스토의 마지막 악장을 연주하던 손
하얀 꽃대궁을 울리던 슬픔의 휘날레

개망초 꽃대궁처럼 연약하고 가난하던 시절
하얀 좁쌀을 달기 위해 밤 늦도록 뛰어다니던 후암동
길
지치면 석빙고 컴컴한 굴 속에 청춘을 묻고 미라가 되
고 싶었다
"자신의 영혼이 아닌 모두의 영혼이 되라" *고
스스로 힘으로

개망초 하얀 꽃잎에 별을 다는 일
샛별이 되어 새벽까지 반짝이는 일

사라방드 사라방드
개망초 꽃 눈부시게 피어나는 철로변
하얀 꽃대궁에 맺힌 새벽 이슬 속
지지 않는 별을 보기 위해 반드시 돌아오겠다며
박박머리 그가 손 흔들고 있다
G선의 음률 속 사십 년 전 열차가 굴러가고 있다

* 존 스타인벡의 『분노의 포도』 중에서.

11월은 모두 다 사라진 것은 아닌 달*

논두렁에는 아직도 추수한 나락의 낟알들이
퇴락하는 가을빛을 업고 함께 뒹굴고
감나무에는 아직도 주인을 기다리는 감들이
붉게 단장한 얼굴로 우듬지에 매달려 있고
개울가에는 아직도 여름 아이들과 놀고 싶은
밤게들이 바위 틈에 서늘한 얼굴 삐죽이 내미는
11월은 모두 다 사라진 것은 아닌 달

그대 내게 무심히 뱉은 사랑한다는 말의 속알갱이
어느 얄궂은 새 날아와 물고 갔는지 보이지 않고
빈 쭉정이 아직도 허허벌판에 싸락눈으로 날려
내 눈자위 붉은 단풍빛으로 물드는
11월은 모두 다 사라진 것은 아닌 달

아직도 그대 따사한 체온
아침에 갓 꺼내온 실핏줄 어린 계란에 남아 있고
아직도 그대 가녀린 속삭임
빨랫줄에 쪼르르 앉아 있는 참새의 여린 깃털 속에 파

닥이고

  가을밭에 널브러진 서리 앉아 새하얀 배추 꼬갱이 속
에
  아직도 그대 뿌우연 새벽 입김 서려 있어
  내 흐린 눈썹 엷은 덤불빛으로 떨리는
  11월은 모두 다 사라진 것은 아닌 달

  토벽에는 푸른 영닙 단 무우 시래기
  아직도 서늘한 햇빛 속 새록새록 초록눈 뜨고
  푸르던 날 웅얼거리고 있으니
  우리 함께 알몸으로 쬐었던 뜨거웠던 태양을 잊은 게
아니다
  11월은 아직도 모두 다 사라진 것은 아닌 달

  타다 남은 사랑의 불씨 다시금 잉걸불로 피어오르는
것을

    * 인디언들의 말.

아버지의 눈

지금껏 나는 내 안을 들여다볼 수 있는 눈이 없어
나에게 안부를 묻지 못하고 늘 다른 사람의 안부만 물
었다

나의 내부를 들여다볼 수 있게
이제 나를 향해 눈길을 돌려야겠다
내게 매일 인사를 하며 깍듯이 대해 주어야겠다
내게 예禮를 갖춰 인사를 하면
내 몸이 저절로 선비의 길을 갈 수 있겠다
운필運筆의 방향을 알 수 있으며
어느 길이 바른 길인지도 알 수 있겠다

거위 속 진주를 읽던 정철鄭澈의 후손으로
영의정 할아버지의 문필文筆을 잇기 위해
청진기에 달린 눈으로 늘 내부의 소리에 귀기울이던
메스처럼 예리한 아버지의 눈으로
나를 진찰해 보아야겠다

문청文靑, 외로운 고지高地에 홀로 서서
불을 뿜을 듯한 독수리의 매서운 눈으로
불온한 세상과 맞서 붓을 날리시던
청백淸白, 의로운 눈으로 가난한 사람들을 보살피시느
라
밤새워 병원을 지키시던 아버지
그런 아버지의 눈으로 세상을 살아야겠다

내 안에 살고 있는 아버지에게 매일 예를 갖추고
내 몸과 한 몸인 아버지를 지키기 위해
내게 매일 안부를 물으며 살아야겠다
선비처럼 살다 가신 고고孤高한 아버지의 눈
그 눈이 펼쳐놓은 길을 따라 나의 길을 가야겠다

화암사를 닮은 사람

하늘과 맞닿은 듯 높은 절벽에 있는
화암사에는 대문은 없고 문간채에 눈썹 같은 쪽문만
있다

우화루의 커단 입은 대나무를 심어 봉해버렸다
눈썹같이 작은 쪽문, 그 아래 형형한 눈빛만 불명산 아
래 뻔쩍일 뿐이다
그 눈빛이 가리키는 곳을 따라가면
그의 심장부인 극락전에 이른다

쏟아지는 햇빛으로 아무것도 보이지 않는
텅텅 비어 있는 극락전 앞마당
ㅁ자 모양의 텅 빈 우물 속에는 흰구름이 흘러갈 뿐
아무 소리도 들리지 않는다

번듯한 대문을 달고 있으면서
세상의 이치가 옳으니 그르니 하는 사람보다
입을 봉하고 있어도 깊은 눈빛으로 말하는 사람

그런 사람의 가슴은 가을 하늘처럼 깊고 푸르리라
그 품에 안겨 흰구름처럼 마냥 떠다니고 싶다

노래하는 인형

딸아이가 손가락으로 가슴을 누르면
알 수 없는 음역의 소리를 내는
노래하는 인형을 소포로 보내왔다

한참 동안 가슴을 누르면서 그의 소리를 연거푸 듣다
보니
그 가슴 속에 딸아이가 들어가 있었다
그가 내는 소리가 모두 딸아이의 음성으로 들려왔다
딸 곁에 있을 때 내가 듣지 못했던 이야기들이
한꺼번에 쏟아져나오는 게 아닌가

멀리 떠나와서야 그가 부르는 노래 소리의 의미를 알
것 같았다
겉으로 눈물나는 웃음을 주던 그 이상한 소리들은
귀를 기울이지 않으면 들을 수 없는
외로움의 신호음이었음을

딸아이를 안듯 그를 내 품에 꼭 안아주었다

통하다

꿈에서 죽음으로 가는 짧은 다리를 건너가 죽음 너머의 삶을 보고 왔다 살아 계실 때 모습 그대로 한복을 곱게 차려 입으신 어머니께서 반갑게 나를 맞아 주셨다 어머니는 내 마음을 읽으셨는지 나를 데리고 간 곳은 온갖 그림이 걸려 있는 메트로폴리탄 미술관처럼 생긴 큰 건물이었고, 나를 데리고 다니는 길은 로댕의 조각품들로 가득 찬 멋진 예술의 거리였다 어머니는 내가 죽으면 갈 곳을 미리 닦고 계셨다 어머니와 나는 통하고 있었다 어머니는 평소에 내가 부르던 라칸돈*의 노래를 들으셨던 게다 "지금 거기는 어떠냐?"고 물으시던 걱정스런 눈빛에 "마음 먹기에 달렸어요. 예술이 삶을 구원해요."라고 나는 대답했었다 얇은 다리 하나 사이에 두고 우리는 서로의 마음을 읽고 있었던 게다 신통하게도 어머니와 나는 통하고 있었다 신통神通을 얻고 나니 어디든 드나들 수 있을 것같이 몸이 가벼워졌다 이제 너에게도 쉽게 건너갈 수 있으리라 나비처럼 또는 새처럼 가볍게

    * 라칸돈: 마야문명의 소멸 후 살아남은 인디오의 후예로 그들의 미래를 읊조리고 다님.

4
햇빛葬

戀歌

나는 불을 지피는 사람
나는 불을 지피는 사람

언제나 찬 바위에서 불을 지피는 사람

당신이 돌아가실 때 잡았던
차가운 돌멩이 같은 손
차마 잡을 수 없어

나는 죽어서도 불을 지피는 사람
당신의 차가운 심장에 불을 지피는 사람

아득히 먼 곳에서 당신을 바라보며
홀로 뜨겁게 불타는 별

싸이프러스*
—— 뉴 포트에서 · 1

진초록과 황금색이 뒤섞인 물결 속에
거침없이 타오르는 진녹의 불길들
가슴에 묻었던 옹이들이 검은 재를 날리며 타오른다

너무 뜨거워 가까이 다가가면 타버릴 것 같아
그의 둘레만 맴돌다 생긴 타이탄*의 갈매빛 흑점들

샹 레미의 아픈 날들이 불꽃 재로 날리고 있다
못다한 가슴 속 언어들이 마침표를 찍고 있다

꽃구름을 향해 올라가던 애달픈 사랑이
가슴에 갈매빛 돌을 얹고 바라보던 푸른 하늘이
이제 내 눈 속에서 지워지고 있다

강물 속에 "나의 싸이프러스"가 진녹으로 불타고 있다

* 〈Cypresses〉 : 1889년 고흐의 작품.
* Titan : 토성 주위를 돌고 있는 위성.

幻 · 2
── 세계수

꼭, 너에게만

보이는자리에꼭, 네가올것같은자리에

물관부를타고하늘로오르자. 어느가지끝명당

자리, 아슬아슬한벼랑끝에목숨을매달자. 네가타고올

마지막열차, 종착역에서너의티켓과맞바꿀너의꿈을위해

열심히나를피우자. 너의혀끝에설익은초록물은떨어뜨리지말자

아집과흠집투성이의딱딱한껍질을벗고햇빛에잘익은부드러운

속살로너의휴식처를만들자. 호박빛램프가켜진내안에들어와

사막인네마음자리가따뜻해질때까지별을바라보게하자. 별빛흐르는

날선벼랑은유목민의안식처. 유목민의후예인그에게어머니와어머니의

어머니또그어머니의어머니마냥열심히채색한살과피, 달디단열매를

먹이고하늘빛우듬지, 내목숨을놓은바로그자리에사막을건너온

그를파수꾼으로세우자. 네몸에불밝힌씨앗이내꽃진자리, 하얀백지

위에서기차를달리게하고붉은등불을단열매를맺으며

세 세 연 년

그 나무 아래서

노 래 부 르 며

춤 추 게 하 자

幻・3
— 눈부신 리듬

왱왱 땡벌 소리도
재재 참새 소리도 들리지 않는
아이들이 모두 집으로 돌아간
텅 빈 교실

낭랑한 목소리로 발표하던 태주 얼굴도
기말고사 일등한 유림이의 얼굴도
전깃불 스위치를 내려놓은 듯
깜깜 떠오르지 않는데

공들여 붓글씨 쓰듯
교실 바닥에 엎드려
한 톨 먼지도 놓치지 않으려는 듯
한 올 먹물도 번지지 않으려는 듯
빗자루를 곧추세워 한 획을 긋고 있는
재완이의 진지한 얼굴이
여름 시냇가 반짝이는 물결로 아롱져 온다

시냇물에 온몸을 맡기던
물과 한 몸이 되어 흐르던
피래미 새끼들의 율동, 그 눈부신 리듬이
텅 빈 교실을 환하게 불 밝히는 여름 오후

나도 한 마리 물고기 되어
재완이가 펼쳐놓은 푸른 한지 속으로
풍덩 뛰어든다

Total Eclipse

해외 뉴스 시간에 숫놈 펭귄 두 마리가 물 속에서 재미
있게 놀고 있는 걸 보았다 그런데 좋은 품질의 펭귄을 위
해 서로 떼어놓기로 했다니 안타깝다

빠통의 밤거리에서 짙은 화장의 여장을 한 남자가 관
광객들에게 둘러싸여 퍼레이드를 하고 있었다 내 카메라
앵글에 잡힌, 그를 쳐다보는 어느 젊은 남자의 눈가에 맺
히던 이슬을 보고 말았다

베르렌느 곁을 떠나온 랭보가 140년이 지난 지금, 태양
이 죽은 이 거리를 헤매고 있는 것은 아닌지 지옥에서 보
낸 한 철*이 지금 여기서는 천국인 것을 누군가 터뜨린
플래시의 불빛 속에서 잠깐이나마 태양을 안고 웃고 있
는 랭보를 보았다

    * 랭보가 폴 베르렌느를 떠날 때 한 말. "세상이란 지옥에
    서 보낸 한 철". 랭보의 시집 이름이기도 함.

幻 · 4
── 자정에서 새벽 3시 사이

째즈를 연주하던   사각형의 어두운 밤이었네
베이스로 깔리는   북소리
바다 깊숙이 잠든   눈 먼 고래의 귀를 열고
산호빛 물풀을   흔들었네
피아니시모로 잦아드는   트럼본 소리
현호색 모래알들   몸 바꾸며 색색의 물고기를 낳고 있었네
물고기로 꽉 찬 사각형의 검정 방   밤은 숨을 쉬지 못했네
자정이   새끼손가락으로 아가미를 풍선처럼 부풀리자
트럼펫의 고음   청록빛 바닷물을 출렁 방 위에 쏟아부었네
수면 위로 튀어오른 물고기   오로라 한 잎 입에 무는 순간
몸이 없는 투명한 빛살   물고기를 지나 어디론가 사라졌네
코팅된 물고기   아가미 뽀글뽀글 말을 하려 했지만
입이 사라진 자리 째즈만 사각형의 어둔 밤을 울리고 있었네
멜로디가 없는 째즈는   약속할 수 없는
미래가 없는   텅 빈 시간이었네
말을 잃은 광장의 낡은 시계는   새벽 3시에 입 다물고
광장의분수도가락없는솟구침이싫어잠시날개를접고곰곰생각에
잠기고있었네 째즈를연주하던 사각형의숨막히는여름밤이었네

목백일홍

—— 뉴포트에서 · 2

여기서는 모두 강물로 흐르는 일

여름의 흰 목백일홍 꽃으로 피웠다 여기서는 제 무게
를 이기고 서 있는 청솔 위 하얀 눈으로 쌓여 나를 보다듬
는 일 그대 눈빛을 모아 내 몸 환하게 불 밝히는 일

그대가 부르는 뱃고동 소리에 귀를 열고 떠오르는 아
침 햇살에 내 몸을 맡기는 일 내 몸을 뚫고 지나가는 배들
의 거친 속력을, 꼬리지느러미에 파동치는 은빛 물살을
느끼는 일

그대 소리가 끊기는 시간이 되고 강물이 잠자는 듯 고
요할 때 청솔 가지에 얹힌 눈을 털어 눈물 맺힌 초록 잎새
들을 하나하나 쓰다듬어주는 일 여름 햇빛 한 조각에 피
운 목백일홍 흰 꽃잎도 여기서는 강물로 흐른다

강변에 쌓아놓은 돌무더기에 부서지는 허사虛辭처럼
사라지는 허연 물거품들 다시는 띄울 수 없는 다시는 뜰

것 같지 않은 배들이 선착장에 굳게 매달려 눈 뜬 강물을
바라보고 있다 그대는 없어도 그대가 만든 풍경은 강물
되어 현재 진행형으로 흐른다

　여기 와서는 꽃잎도 눈물도 그대 허사로 된 문장도 모
두 강물로 흐른다

흔들리는 슈프레의 저녁

가을 저녁 슈프레 강을 바라보며
마시던 맥주 맛은 회색빛이다
집 잃은 사람들의 안개 낀 눈빛이다
싸늘한 바람에 웅크리고 마시던 맥주 맛은
가슴을 아리게 하는 고향의 하늘빛이다
그 빛들이 알 수 없는 도시의 바람이 되어
슈프레 강에 배를 띄운다
마실수록 강물빛이 점점 깊어지는
베를린의 저녁
검은 눈동자에 빠져 누룩내나는
필쯔*를 마시는 사람들은
모두 회색빛이 된다
뒷맛의 여운이 오래 남는 필쯔처럼
가슴에 아린 사연을 지닌다
뒤로 되돌아갈 수도 앞으로 나갈 수도 없는
막막한 회색빛이 된다
끊어질 듯 이어지는 집시의
애잔한 선율을 사랑하는 사람들만이

필쯔 맛을 찾아 슈프레 강가에 모여든다
안개빛 눈빛의 슈프레의 밤은 깊어가는데
흐느끼는 집시의 기타 선율은
다리 난간에 붙어 떨어질 줄 모르고
따듯한 하늘 한 조각 찾을 수 없는 나는
검은빛 슈프레 강이 되어
부서지는 유람선의 불빛을 안고
밤새도록 흔들린다

    * 필쯔(pilz) : 버섯을 재료로 만든 맥주.

에곤 쉴레의 눈빛

쉔부른 궁전 입구에서
주워 온 너도밤나무 열매는
에곤 쉴레의 죽은 눈동자다*

쉔부른 궁전의 입구에 서 있던
너도밤나무의 푸른 눈이
카메라 렌즈 속에 회색빛으로 비춰진 건
렌즈에 가을이라는 색유리가 덧씌워져서도
렌즈의 초점을 절망에 맞춰서도 아니었지
플래시를 연신 터뜨려도 얼어붙은 눈동자는
웃음을 보여주지 않았지
그는 누군가에게 떠밀려 렌즈 바깥 세상으로 떠나고
있었지
지금껏 그를 키워 준 따사한 햇빛과 바람, 그를 있게 한
풍경들과 이별하고 있었지
수천 수만 번 그에게 초점을 맞추던 떨리던 내 손에서
벗어나
다른 세계의 문을 두드리고 있었지

내 앞에 놓인
바짝 마른 너도밤나무의 텅 빈 동공에는
그를 사랑한 발리 노이젤도 보이지 않는다
입 다문 눈동자는 이제 말이 없다

툭! 내 손에서 열매가 떨어져 땅에 구른다
내가 들이밀었던 카메라의 불빛도 사그라진다
너도밤나무가 서 있던 쉔부른 궁전 입구의 가을 저녁
이
페이드아웃된다
깜깜 어둠이다

    * 에곤 쉴레의 작품 〈죽음과 젊은 여자(Death & Maiden)〉
     에 나오는 죽음을 상징하는 남자로 에곤 쉴레를 가리킴.
     그의 애인 발리 노이젤과의 이별을 고하는 그림.

누란의 사랑

보름달노랗게떠오르는밤이면당신이준 펜단트포도무늬에서

사천 년 전 모래알로 씌어진 누란의 풀빛 사랑을 읽는다네

피 고 름 줄 줄 흐 르 는 생 의 스 란 치 마 벗 어 놓 고

뜨 거 운 모 래 사 막 에 맨 살 로 눕 는 일

사 천 년 전 태 양 과 모 래 바 람 켜 켜 이 접 어

타 클 라 마 칸 불 가 마 속 에 푹 푹 삶 기 는 일

이 승 을 건 너 온 그 대 야 윈 발 묶 어 풀 꽃 향 내

나 는 내 곁 에 눕 히 는 일 그 대 와 나 지 지 않 는

천 산 의 설 연 꽃 으 로 피 어 천 년 만 년 사 는 일

보름달노랗게떠오르는밤이면,당신이내게준투르판의포도송이

맑은 거울 속에서 모래알로 씌어진 내 풀빛전생을 읽는다네

프라하의 봄은 흐르지 않는다

1968년 8월 20일 소련군의 탱크가
프라하의 바츌라프 광장으로 밀려왔고
저항군들은 소련군의 기관총에 피를 흘리며 쓰러졌다

1968년 요제프 쿠델라는 왼쪽 손을 들어올려
소련군의 탱크가 있는 바츌라프 광장을 배경으로
6시 30분을 가리키고 있는 그의 손목시계를 찍었다

2009년 가을, 바츌라프 광장을 지나며 나는
1962년 4월 어느 날 종로에서 피를 흘리며 쓰러진
한 청년의 사진을 내 가슴 속에서 꺼낸다

요제프 쿠델라의 시간은 1968년에서 멈추었듯이
나의 시간은 1962년, 한 점에 멈추어 움직이지 않고 있
다

저녁 강물
—— 포트 임페리얼에서

지는 해에 눈을 뜨는 맨해튼의 빌딩들
반짝반짝 빛나는 유리의 맑은 눈들이
허드슨 강물을 은빛으로 물들인다
내가 걸어온 생의 물결들이 피워 올리는
노란빛 희열의 꽃들
지는 해가 화음의 빛을 띄운다
—강물처럼 낮은 곳으로 흘러가는 거야
—아무것이나 한데 섞여 어울릴 수 있어야 해
생전에 하시던 어머니 말씀이
여기까지 흘러온 내 지친 발을 따듯이 적시고 있다
왜 살아야 하는지
물음표 하나 던질 겨를도 없이 달려온 내게
화음을 이루는 저 저녁 강물이 한순간 반짝이며 답을
주고 있다
지는 해에 점점 눈을 크게 뜨는 맨해튼의 불빛 속에서
모든 경계를 지우고 모든 것을 안고 있는
화엄의 세계를 본다

기화하는 여름

한여름 눈 속을 파고드는 땀방울에서
서리 내린 들판을 보았다
유화붓으로 썩 문질러 눈도 뜨지 못하는
미색의 비행운 속에서
누군가 긴 여름을 태울 삭정이를 안고 서 있었다

미색의 어둠 속
먼 산 그림자를 안고 길게 누워 있던 그가
녹음을 뚫고
한 손에는 내 심장을 불 밝힐 붉은 사과 한 알을
한 손에는
긴 여름의 기다림을 태울 삭정이를 안고 달려온다

—자 이제 눈을 떠보렴
—기다림이 끝나는 가을이 올 거야
기억의 저편, 무릎 대고 우리 함께 가꾸던 사과나무
그 아래 흩어진 삭정이를 긁어모아 그가 불을 붙인다
흰 눈썹달마냥 그에게 기울던 내 눈에 뿌우연 서리가

내리고
　서늘한 공기를 닮은 그가 내 어깨 위에 손을 얹는다

　그도 잠시, 어깨 위 온기도 채 사라지기 전
　내 키만한 막대기로 불을 지피자
　—건강하게 잘 지내
　물기 머금은 그의 목소리 연보랏빛 불티로 날아오르고
　서리 내린 내 눈가에 날아오르는 찬 기러기

　미색의 긴 긴 여름이 허연 재로 날리는
　내 눈 속은 지금 서리 내린 들판

그대, 내 안의 연꽃으로 피어나다
—— 선산 죽장동 서황사 오층석탑에 부쳐

누굴 향한 간절한 기다림이
저렇게 오롯이 천 년의 풍설을 이긴
갸륵한 보탑으로 하늘을 우러르고 섰을까?

어쩌면 아스라한 그대와 나의 시간들
티없이 무구한 법열의 탑으로 쌓였을까?
석공의 징 속에 스며 울던 인애忍愛의 날들
전돌마다 그 무늬 아롱져 하늘을 찌르는데
그대 떠난 지금 빗물 속에 젖은 꽃잎 떨어지네

아련한 봄날 그대와 함께 꽃피던 마음
마주 선 대웅전 꽃살무늬로 되살아나
오층 탑신塔身의 그림자에 붉게 어롱지니
그대 향한 내 마음 접을 수가 없네

아아, 그대 내 가슴을 여닫는 순한 바람이었다
따사히 내 몸을 적시는 촉촉한 빗방울이었다
비봉산 산등성이에 비끼는 영롱한 무지개였다

마침내 영원을 밝히는 연꽃으로
내 몸 속에 환히 피어나네

햇빛葬

햇빛 유리알로 부서지는 날
태평양 푸른 바닷가 어느 이름 모를 해변에 누워
불가사리 내 몸 말리리
별처럼 붉게 타오르던 내 몸 바짝 말리리
어디선가 들려오는 해조음에 귀를 열고
내 생전 그리워하며 아쉬움에 놓지 못했던 질긴 끈
저 멀리 푸르스름하게 걸린 수평선으로 풀어놓으리
내 목숨같이 사랑했던 사람, 수평선으로 친친 동여매어
태평양 넓은 바다에 후울쩍 띄워 보내리
내 몸 구석구석 박혀 있는 유리알 그대 눈동자
그 맑은 눈동자 속에 환하게 피어오르던 붉은 꽃자리
서늘한 모래 무덤 속에 묻으리
뜨겁게 불타던 붉은 심장 서늘한 모래 무덤 속에 깊숙이
묻으리
당신의 목소리인 양 끊어질 듯 이어지는 해조음
아직도 남은 그리움 있어 내 붉은 촉수마다 물기 맺히면
저 바다에 부서져 내리는 수천 수만 평의 햇빛 끌어모아
내 몸에 퍼부으리 하얗게 퍼부으리

하얀 모래에 피처럼 번지는 붉은 꽃무리, 수평선 위에
가뭇가뭇 머물면
  당신과 내가 누워도 좋을 흰 너럭바위 위에 붉은 꽃잎
늘어놓고
  한 장 한 장 말리리 가을 창호문처럼 가뿐히 말리리
  여태 내 손톱 위 서늘한 초승달로 떠 있는 당신
  싸늘한 해풍 내 바삭이는 몸피에 닿으면
  당신 눈빛 서리서리 내려진 해변
  한 점 별떨기로 부서져 내리리

시간과 공간을 뛰어넘어 존재하는 법

이 승 하 (시인)

언젠가 학생들 앞에서 이 세상에는 두 부류의 사람이 있는데, 한 부류는 시인이요 나머지 부류는 범인凡人이라고 하였다. 소설가와 방송작가 지망생들의 항의 어린 질문을 받고서 내가 해준 말은 대충 이런 내용이었다.

"산문은 환상성이 요구되는 판타지 소설일지라도 낱낱의 문장은 사실과 현실에 기반해야 하지만 운문, 즉 시는 그렇지 않습니다. 시는 다의성과 애매성을 지향하기 때문에 솔직한 의사 전달이나 정보 전달의 차원에서 벗어나려고 합니다. 다의성이란 어느 시어나 문장의 의미가 이런 뜻이기도 하고 저런 뜻이기도 하다는 것이고, 애매성이란 이런 뜻일 수도 있고 저런 뜻일 수도 있다는 것입니다. 깃발을 두고 저것은 소리 없는 아우성이라고 하는 것이 시인입니다. 시인은 사물에 대해 새롭게 의미를 부여하는 명명자이지만 여타 장르의 글을 쓰는 사람은 사전에 나와 있는 낱말을 정확히 구사해야 하는 언어학자

입니다. 그래서 세상에는 시인과 범인이 있다고 한 것입니다. 시인은 반어(아이러니)와 역설(패러독스)에 능한 사람이며, 허무맹랑한 생각을 많이 하는 별종입니다. 눈 내리는 한밤에 아무 소리도 들리지 않는데 뜰에 나가서 먼 곳의 여인이 옷 벗는 소리를 듣는다고 하지 않습니까. 상상 속에서 소리를 듣는 것입니다."

시인 정영숙은 시집의 제일 앞머리에 놓인 시에서 이렇게 말한다.

> 제5 빙하기의 화석에 새겨질 내 생애
> 내가 아닌 누군가가 읽을지도 모르는
> 허망한 생의 비의를 찾기 위해
> 지금 나는 찬 겨울 바닷가에 앉아 모래문자를 적고 있다
> ── 「내 것이 아닌 당신의 문자들」 마지막 연

시인 스스로, 왜 시를 쓰고 있는지 밝힌 부분이다. 허망한 생의 비의를 찾기 위해서 하는 일이란, 찬 겨울 바닷가에 앉아 모래문자를 적는 것이다. 모래에 적는 문자이니 금방 사라질 것임에 틀림없다. "모래펄에 찍힌 최초의 문자", "단 한 번 씌어진 단 하나의 문자, 내 영혼을 빌어／ 이 세상에 나온 문자들은／ 이제 내 것이 아닌 당신들의 것"이라고 하니, 시인은 문자행위의 허망함을 너무나 잘 알고 있다. 이 화려한 영상매체의 시대에 시집이 전국 방

방곡곡의 도서관에 비치된다고 한들 누가 읽어줄 것이며 언제까지 꽂혀 있을 것인가. 생각하면 허망한 노릇이지만, 시인은 제5 빙하기의 화석에 내 생애가 새겨질 것이라는 믿음을 갖고 또 한 편의 시를 쓰지 않을 수 없다. 혹자는 독자 없는 시 쓰기가 맹목이고 집착이라고 비난할 수도 있겠지만 시인에게는 이것이 죽는 날까지 짊어지고 가야 할 운명인 것을 어떻게 하랴. 당나라의 이백과 두보가 독자가 있어 시를 썼으며 김시습과 김병연이 독자를 겨냥하여 시를 쓴 것인가. 아니다. 시인은 불의의 세계와 싸우는 전사이며 사물의 의미를 탐색하는 탐험가이며 존재의 이유를 찾는 철학자이다.

닫았던 책을 펼치고 내 몸에 하얀 연꽃의 목소리를 소중하게 기록했다 그 목소리는 내가 가장 듣고 싶던 내 책의 마지막 장에서 읽을 완성된 문자였다

이제 하늘빛을 마음대로 담을 수 있는 내 책은 물 속에서 나오지 않을 것이다

── 「물 속의 책」 끝부분

이 시도 글의 운명, 책의 최후에 대한 시인의 전언으로 읽힌다. 자연은 끊임없이 변화하지만, 그 변화 속에서 늘 자기 자리를 지키려 하는 영원회귀의 자세를 견지한다.

사계절의 변화를 보라. 올해 봄이 가면 내년에 다시 봄이 온다. 하지만 인간은 조삼모사하고 조변석개하는 슬픈 존재다. "입 다문 연꽃 봉오리가 피어나기도 전 먹구름이 몰려와 책장을 덮어버렸다"고 한 대목에 이르니, 자연의 유구함과 인간의 유한함이 대비된다. 하지만 시인은, 시를 씀으로써 영원을 '추구'하는 것이려니. 시가 인간의 역사와 함께 영원무궁 지속될 수는 없겠지만 윌리엄 블레이크나 프리드리히 횔덜린 같은 위대한 시인은 언어의 연금술사로서 끝 모를 우주를 향하여 항해하였고, 영원성을 추구한 시간 조정자였다.

정영숙 시인의 항해는 크게 두 가지 측면에서 행해진다. 하나는 여행을 통한 시적 영감 얻기이고 또 하나는 인접예술을 통한 시적 소재 얻기이다. 시인은 국내 국외할 것 없이 발길 닿는 곳에서 시심을 얻는다.

> 나비 날개, 벚꽃
> 흐드러지게 핀, 삼존석불 앞
> 바람에 날리는 벚꽃잎들, 두 무릎 위에
> 고스란히 받고 있는, 모전석탑을 봅니다
>
> —「벚꽃잎 서신」 제1연

이런 시를 통해 시인이 추구하는 것은 시간의 오묘함이다. 나비의 날개도 벚꽃도 이 지상에 얼마나 짧게 존재하다 가는가. 그런데 이 시에서 모습을 보이는 대구 팔공산 기슭에 있는 삼존석불은 7세기 통일신라 시대 초기의 조각이다. 모전석탑도 천 년의 세월이 넘도록 그 자리를 지키고 있다. 천지간 가득 날리는 벚꽃 이파리와 석불 및 석탑은 완벽하게 대조를 이루고 있다. 전자는 생명체에서 떨어져 나온 것이고 후자는 생명체가 만든 것이다. 전자는 지상에 잠시 머물다 사라지지만 후자는 앞으로도 천 년을 더 제자리를 지킬 수 있다. 영원을 향한 시인의 갈망은 시집 내내 계속된다.

귀를 막고 세상의 소리를 접은 나뭇결 속에
화석처럼 굳어지고 싶다
낡고 헐어도 따사한 온기를 지닌
아파도 아픔을 모르는 푸른 무늬 속에
영원히 살고 싶다

───「나무 화석」 제4연

나무 중에는 수령이 천 년이 넘는 것도 있지만 일단 베어낸 나무로 만든 목조건물은 비바람 앞에서 천년만년 제자리를 지킬 수는 없다. 그러나 니스를 잘 칠해놓으면 반영구적이 된다. 시인은 '나무 화석'에 대한 꿈을 버리지 못한다. "도리깨를 휘두르며 깨를 털던 등 굽은 할머니"와 "선머슴애처럼 폴짝폴짝 뛰어놀던 가시내의 발자

국”, “수틀 위 붉은 목단꽃에 떨어지던 어머니의 눈물방
울”은 모두 유한을 상징하는 것들이다. 시인은 그런 유한
의 한계를 넘어서 “반들반들한 니스 속 나뭇결” 속에 있
고 싶어한다. 화석이 된 채로. 물론 불가능한 일이지만
그런 꿈을 꾸는 것이다. 펜을 들고서. 시인이 그리는 나
무는 그냥 나무가 아니다. 생명의 원천, 세계의 중심, 인
류의 발상지가 된다는 세계수이다. 세계수는 메소포타미
아 지방의 성수聖樹 숭배의 전통에서 비롯한 상징의 하나
이다.

세 세 연 년

그 나무 아래서

노 래 부 르 며

춤 추 게 하 자

──「幻·2─세계수」 끝부분

흡사 나무 모양을 방불케 하는 시의 밑둥치 부분이다.
이 시도 시간과 공간의 넓이가 엄청나다. 범인凡人은 무
엇을 지어도 유한자이지만 시인은 시간을 늘리기도 하고
줄이기도 하는 시간 조정자임을 알 수 있게 하는 시가 계
속 이어진다.

　　남해의 푸른 바다가 보이는

땅끝탑을 오르는 갈두산 산길에서

빨간 앞발을 내밀고 있는 농게 한 마리를 만났다

156미터의 사자봉까지 오르느라 힘들었는지

발바닥에 빨간 피가 고여 있다

끝없이 넓은 바다를 마다하고

여기 산등성이까지 올라온 사연은 무엇일까

무량겁의 시간을 품은 무심의 바다에서 참선을 막 끝낸

참인가

— 「그의 바다를 읽다」 앞부분

시인은 갈두산 산길에서 농게 한 마리를 본다. 농게는 발바닥에 빨간 피가 고인 채 고행의 길을 걷고 있는데, 농게가 떠나온 "무량겁의 시간을 품은 무심의 바다"는 1만 년 전에도 바다였고 1천 년 전에도 바다였다. 시인은 상상한다. 농게는 참선을 끝냈기에 끝없이 넓은 바다를 마다하고 산등성이까지 올라온 것이 아니겠냐고. 그런데 "눈앞에 보이는 소망을 이루기 위해 땅끝탑을 오르는 나는/ 그의 무심의 바다를 볼 수 없을 것"이라고 생각한다. 여기는 '그'는 농게다. 나는 참선을 끝내고 산을 오르는 농게보다 못한 존재이다. 화자는 나중에 가서 상상으로나마 마음껏 바다를 헤엄치는 자유를 구가한다. 그렇다. 시인이기에 이런 상상이 가능한 것이다. 일상 차원의 언어를 뛰어넘어 언어를 자유자재로 부릴 줄 아는 존재이기에 이렇게 할 수 있는 것이다. "돌고래를 타고 태평양을 건너온 아이들"은 "바다 속에 들어가/ 또 다른 바다를 낳는지 보이지 않는다"(「가족 사진」)고 하지 않는가.

시인의 발걸음은 겨울 팔당호 쪽을 향하기도 하고 직지사 석탑 앞을 향하기도 한다. 한계령의 세찬 회오리바람에 여지없이 갇히기도 한다. 화암사 극락전 앞마당에서 하늘을 우러러보기도 한다. 화암사를 닮은 사람은 "세상의 이치가 옳으니 그르니 하는 사람보다/ 입을 봉하고 있어도 깊은 눈빛으로 말하는 사람"이고, "그런 사람의 가슴은 가을 하늘처럼 깊고 푸르리라"는 시인의 말에 고개를 끄덕이게 된다. 인공보다는 자연을, 현세보다는 영원을, 달변보다는 침묵을 윗길로 치는 시인의 표현에 십분 공감하기 때문이다. 시인은 어느 여름밤, 애월리 바닷가에서 편지를 쓰기도 한다.

　　천 년 동안
　　당신의 발자국 소리에 귀 기울이느라
　　거북을 닮아가는 내 몸에는
　　밤에도 대낮처럼 환한 달맞이꽃, 화등花燈이 켜지고
　　내 눈이 쏘는 인광에
　　어김없이 애월愛月인 나를 찾아옵니다
── 「애월리에서 보내는 편지」 제4연

이 시에서도 시간 개념은 '화무십일홍' 정도가 아니라 천 년 단위이다. 그래서 장수동물인 거북이를 내세워 "거북을 닮아가는 내 몸"이라고 한 것이다. 공간은 어떠한가. "은하수 저편, 은빛 무늬 짜는 당신의 날갯짓 소리 듣는/ 여름 밤"이다. 바다 정도가 아니라 시인의 상상력은 은하수 저편의 무한천공을 유영하기도 한다.

어디 간다는 말 한 마디 않고 떠났던 새
천 년 동안 꿈쩍 않고 앉아 있는 내소사
대웅보전 앞에 금빛 날개를 접는다
── 「觀音鳥」 제2연

불가佛家에서는 '겁劫'이라는 단위를 쓰니까 시인의 시간 단위 천 년은 약과라고 해야 할까. 아무튼 시간과 공간의 진폭이 대단히 큰 시를 쓰고 있음을 곳곳에서 확인할 수 있다.

시인의 발길은 해외로도 향한다. 아름답게 수놓은 바둑판무늬의 자갈길로 된 프라하의 길을 발이 부르트도록 뱅뱅 돌기도 하고, 빈의 벨베데레 궁 미술관에 가서 클림트의 그림을 보기도 한다. 시인의 시심을 자극하는 것은 이외에도 보르헤스와 존 스타인벡의 소설, 고호와 에곤 쉴레의 그림 등 다양하다. 조각가 하랄드 하케가 제작한 피에타를 보고 쓴 시도 있다. 정영숙 시인은 이런 일련의

시를 통해 인간은 유한하지만 예술은 영원하다는 말을
하고 싶었던 것이 아닐까.

시집은 후반부의 「바람의 이력」 「봄나들이」 「아버지의
눈」 「통하다」에 가서 어머니와 아버지와의 추억을 더듬
기도 한다. 집의 아이와 손녀를 등장시키기도 한다. 이들
시에 대한 감상과 이해는 독자의 몫으로 돌리고자 한다.
언급하지 않을 수 없는 시는 연가풍의 시이거나 연가다.

> 당신이 나를 지극히 사랑해서
> 나는 벚꽃관을 쓴 최초의 신부가 된다
> 처음으로 눈뜨는 사슴의 큰 눈망울
> 개울물 속에 수정으로 빛나고
>
> 내가 당신을 사랑하는
> 세상의 검은빛이 묻히는 하얀 땅
> 제 몸을 불태워 화촉을 밝히는
> 자작나무 빛나는 하얀 숲에서
> 오늘 밤 나는 영원히 산다
>
> ── 「당신이 나를 사랑해서」 후반부

대부분의 연애시는 화자가 타자를 사랑한다는 내용인
데 이 시는 타자가 나를 사랑해서 내가 어떻게 된다는 내
용이다. 당신이 나를 사랑해서 "오늘 밤 나는 영원히 산

다"는 결구가 심금을 울린다. 결국 우리 인간은 사랑을 통해서 영원을 꿈꾸는 존재이다. 사랑은 자기희생이다. 자기희생으로 승화되는 자는 거룩한 존재로 거듭날 수 있음을 이 시는 알려준다. "우리 함께 알몸으로 쬐었던 뜨거웠던 태양"을 잊지 않고 있지만 어느덧 11월이다.

> 그대 내게 무심히 뱉은 사랑하다는 말의 속알갱이
> 어느 얄궂은 새 날아와 물고 갔는지 보이지 않고
> 빈 쭉정이 아직도 허허벌판에 싸락눈으로 날려
> 내 눈자위 붉은 단풍빛으로 물드는
> 11월은 모두 다 사라진 것은 아닌 달
> ── 「11월은 모두 다 사라진 것은 아닌 달」 제2연

가을이 오자 님은 떠나고, 내 기억 속에 남아 있는 것은 님의 체취며 체온이다. 연인간 이별의 아픔이야말로 수많은 시인들이 노래했던 것 아닌가. 유리왕의 「황조가」에서부터 발원하여 소월과 영랑, 서정주와 박재삼으로 이어져온 이별의 노래를 정영숙도 이렇게 부르고 있다.

> 나는 불을 지피는 사람
> 나는 불을 지피는 사람
>
> 언제나 찬 바위에서 불을 지피는 사람

당신이 돌아가실 때 잡았던
차가운 돌멩이 같은 손
차마 잡을 수 없어

나는 죽어서도 불을 지피는 사람
당신의 차가운 심장에 불을 지피는 사람

아득히 먼 곳에서 당신을 바라보며
홀로 뜨겁게 불타는 별

―「戀歌」 전문

　　동서고금에 수많은 사랑의 노래, 이별의 노래가 있었지만 어느 것에 못지않게 '뜨거운' 연가이다. 이미 가버린 사람을 어떻게 할 것인가. 사별이면 더욱 가슴 아프다. 화자는 당신의 차가운 가슴에 죽어서도 불을 지피겠다고 한다. 참으로 열렬한 사랑 고백이 아닐 수 없다. 열렬함의 정도에 있어서는 「누란의 사랑」이 단연 최고이겠지만 사랑함으로써 영원을 함께한다는 「그대, 내 안의 연꽃으로 피어나다」와 「햇빛葬」이야말로 그에 못지않은 절창이 아닐까.

　　아아, 그대 내 가슴을 여닫는 순한 바람이었다

따사히 내 몸을 적시는 촉촉한 빗방울이었다
비봉산 산등성이에 비끼는 영롱한 무지개였다
마침내 영원을 밝히는 연꽃으로
내 몸 속에 환히 피어나네
— 「그대, 내 안의 연꽃으로 피어나다」 마지막 연

내 목숨같이 사랑했던 사람, 수평선으로 친친 동여매어
태평양 넓은 바다를 후울쩍 띄워 보내리
내 몸 구석구석 박혀 있던 유리알 그대 눈동자
그 맑은 눈동자 속에 환하게 피어오르던 붉은 꽃자리
서늘한 모래 무덤 속에 묻으리
— 「햇빛葬」 부분

이런 시에서도 시인은 시간과 공간을 뛰어넘는다. 선산 죽장동 서황사 오층석탑을 쌓은 석공도 누군가를 사랑했을 것이다. "석공의 징 속에 스며 울던 인애忍愛의 날들"은 지금도 계속되고 있다. 그대는 "비봉산 산등성이에 비끼는 영롱한 무지개"였고, "마침내 영원을 밝히는 연꽃으로/ 내 몸 속에 환히 피어나"고 있다. '사랑은 영원한 것'이라는 진부한 표현 대신 시인은 사랑을 영원히 성취했음을 이렇게 표현한 것이다. 「햇빛葬」도 연가로 들린다. '햇빛'과 '葬'을 낮과 장례로 해석하면 길지 않은 시간이지만 '태양'과 '죽음'으로 해석하면 영원에 가깝다. 인간은 유한자인지라 사랑을 그리 길게 할 수는 없다. 그렇지만 사랑을 함으로써 영원을 꿈꾸고 영원히 거룩할 수 있다는 것이 시인의 생각이다. 이 시도 시간과 공간의 진폭이 얼마나 넓은가. "아직도 남은 그리움 있어 내 붉은 촉수마다 물기 맺히면 / 저 바다에 부서져 내리는 수천 수만 평의 햇빛 끌어모아/ 내 몸에 퍼부으리 하얗게 퍼부으리"라는 시행에 이르면 과거와 현재의 거리는 완전히 무화된다. 이승과 저승의 구분이 무화되고 지상과 천상의 구분이 무화된다. 햇빛의 장례, 혹은 햇빛 속의 장례는 "당신 눈빛 서리서리 내려진 해변/ 한 점 별떨기로 부서져 내"린다. 옳거니, 시인은 이제 이 시로써 영원을 살 수 있게 되었다. 누구나 때가 되면 생명현상이 끝나지만 정영숙은 시인이기에 사랑의 노래를 목놓아 부름으로써 또 하나의 우주를 창조하는 역사를 이루었다. 이 세상의 모든 창조는 사랑에서 출발하는 것이다. 사랑은 새로운 생명 창조의 원동력인 것을!

정영숙(鄭英淑) 시인
경북 대구 출생.
서울교육대학 졸업. 한국방송통신대학 영어영문학과 졸업.
1993년 시집 『숲은 그대를 부르리』로 작품 활동.
그 외 시집으로 『하늘새』 『옹딘느의 집』(2001년 문예진흥 기금 수혜)
『물 속의 사원』 『지상의 한 잎 사랑』 등이 있음.
한국시인협회, 한국여성문학회, 한국가톨릭문인회 회원.
이메일 : naracy@hanmail.net

황금 서랍 읽는 법
정영숙 시집

초판 1쇄 발행일   2012년 8월 20일

지은이 · 정영숙
펴낸이 · 김종해
펴낸곳 · 문학세계사

주소 · 서울시 마포구 신수로 59−1(121-110)
대표전화 · 702-1800   팩시밀리 · 702-0084
이메일 · mail@msp21.co.kr
홈페이지 · www.msp21.co.kr(문학세계사)
www.seein.co.kr(계간 시인세계)
트위터 · @munse_books
출판등록 · 제21-108호(1979.5.16)

값 8,000원
ISBN 978-89-7075-534-2   03810
ⓒ 정영숙, 2012